I0686507

Y. 4560.

Réserve

Y. 3155.
45.

Ye 1668 - 1674

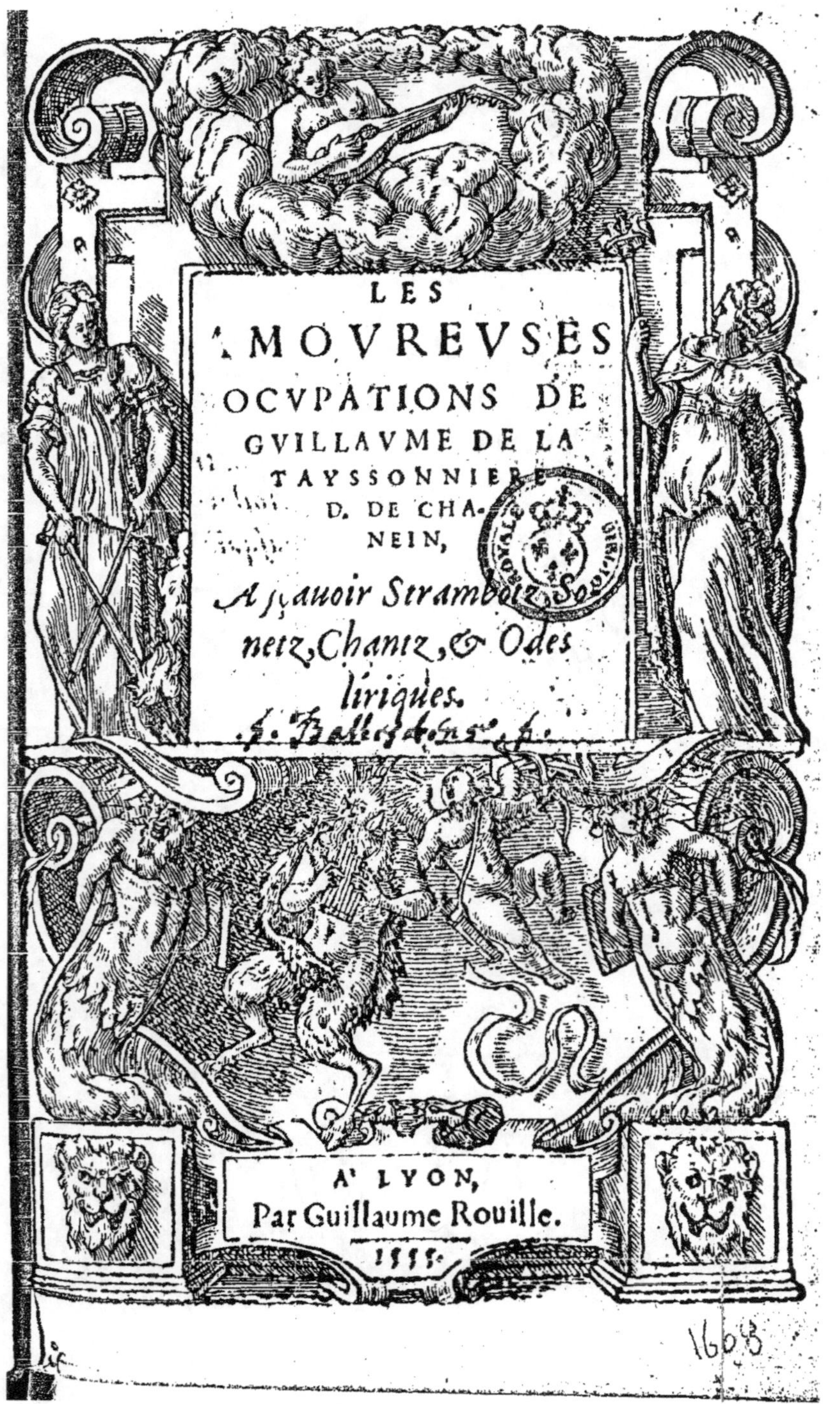

LES AMOVREVSES OCVPATIONS DE GVILLAVME DE LA TAYSSONNIERE D. DE CHANEIN,

A sçauoir Stramboiz, Sonetz, Chantz, & Odes liriques.

A' LYON,
Par Guillaume Rouille.
1555.

1668

A MES-DAMOYZELLES de Chancin, & d'Estours.

Oujours le luth que voz mains cinabrines
Vont pincetant ne vous tient ocupées:
Toujours la Soye en toiles mi-coupées
Vous n'enlacez d'eguilles damasquines,

Ni voz chansons clerement argentines
En mille pars de fredons recoupées,
Ne sont toujours de voz goziers chantées
Bien qu'elles soent de ce tant les plus dinnes.

Quand donc par fois voz esprits prendront cesse
De ces labeurs trompeurs de la paresse,
Je vous suplye ouir l'amoureus son

Sortant du creus de mon ame offencée
Par la fureur d'une amour elancée
Dedans le fort forcé, de ma raison.

A SA

A SA DIVINE.

ENtre la varieté de tant d'opinions que pour le iourduy se retrouuent en nostre France (car si ie l'oze ainsi dire, on oit de toutes choses autant de iugemēts diuers, come il est de ceruelles, pour diuersement iuger) celle ha plus tempété ma vie, qui repugnoit à la vacation de l'amour. Tant pour auoir fait experience de la diuinité d'vne amoureuse beatitude, que d'auoir heu en grande admiration le graue, & proffond sauoir de ceus qui iournellement detestent l'exersice amoureus. Et ne fust que i'ay pour ma partie, & faueur vn si grand nombre de poëtes Françoys, léquéls reuerés, & exaltés parmi nôtre Gaule, se sont bādés d'vnanime vouloir pour soutenir la iuste querelle de ceus qui ſe dédient à aimer : i'étois reduit en tels termes que la moindre d'vn miliō d'erreurs qui à ce propos ſe preſentoent à moy, étoit ſoufiſante pour me rendre l'ame, & le corps incompatibles enſemble, & me priuer par vne ſoudaine mort de plus ſpeculer vôtre celeſte face : mort, certes, qui ne m'euſt été ennuyeuſe, ſinon d'autant qu'elle m'euſt oſté le mòyen, & pouuoir de vous faire les treshumbles ſeruices qui vous ſeront tant que ie viurai dediés. Or puis que, ſuiuant l'opinion du Filoſophe (qui dit rien n'eſtre procreé, régi, ni adminiſtré en ce monde, ſinon auec vne certaine amour) lon m'a ouuert le paſſage contre toutes langues à ce répugnantes, i'auray déſormais la hardieſſe de montrer en public les diuines parfaictions que de vous tacitement i'adorois, & recellois en ma pencee. Vous receurez donques, madame, ces miennes imaginations priſes de l'idee de voz graces infuzes, & repreſéntees au plus pres du naturel qu'il m'a été poſsible. Vous promettant, que ſi en ce peu de vers ie puis aucunement contenter uôtre diuin, & ſur tous rare éſprit (ce croi-ie nai pour la reſtauration de la vertu déffail-

lante

lante en tant de corps par l'ignorance) ie m'éfforcerai auec autãt de faueur qu'il plaira à vôtre discretion m'ottroier, d'entreprendre chose plus ardue, & de plus grande éfficace. Sãs toutesfois discõtinuer le chant de voz excellences, & singulieres rarités, seules instigatrices de tout le labeur que i'espere iamais faire, & soubz l'adueu desquelles i'ai ozé hazarder ma seule richesse entre les mains de tant de mal-voyãs, ou pour mieus dire malueuillans des ésprits vertueusemẽt occupés à l'amour honneste. Pour lesquels confondre ie ne veus que la seule faueur de vôtre bonne grace guidee de la viuacité de vôtre langue diserte.

RIEN SANS ZELLE.

SONET DE B. DV TRONchet Maconnois à G. De la Tayſſonniere.

*GEntil éſprit ou la ſage nature*
A réſpandu ſon treſor le plus beau:
Eſprit qui peus déffier le tumbeau
Voire, et d'icy toute humaine auẽture.

Eſprit duquel Apollon a prins cure
Pour le cerner de l'immortel Rameau:
Rameau brulé par vn dous ſeu iumeau
Qui l'entretiént en ſa gaye verdure.

O que nay-ie la part de ta fureur
Pour dinnement chanter l'immortel heur
Que tu acquiers te faiſant nouueau cine?

I'accorderois vn ſon tant hault ſonant
Que i'en irois l'vniuers étonant
Come tu fais de ta belle diuine.

Vn neceſſaire.

BENO

BENOIT PONCET

Sonet.

Ant doctemẽt, tant doucemẽt encore
Tu vas sonant sur ton luth enchanteur,
Du front, de lœil, des blonds cheueus, du cœur
De ta diuine, & cæleste Pandore:

Que l'vniuers qui de tes vers se dore,
Se vante haultain, se voyant possesseur
D'elle, & de toi son graue dous soneur:
Que nôtre ciecle en reuerence adore.

Ainsi chantant ses beaultés vertueuses,
Bongré, malgré les trois sœurs dépiteuses,
Elle viura aus ciecles auenir.

Et toi de méme époinçonné d'vn zelle,
De la seruir d'vne amour immortelle,
Ne pourras rien moins qu'elle deuenir.

ADVERTISSEMENT *au Lecteur.*

VNe trouueras étrange (lecteur) si ayãt imité vne espece de rime Italienne, ie l'ay nommée de nom propre en nôtre langue, come le méme Italien. Ce que n'ont encor fait tous ceus qui en ont traduit de l'Arioste, Bembo, Petrarque, A. F. Rinieri, Olimpo da Sasso Ferrâto & autres: ne les trouuant differer à noz huittains, ou épigrammes, que en la seule enlaceure de la rime. A cause de laquelle difference, il m'a semblé bon luy laisser ce nõ de STRAMBOT, pris de strambotto, come sonet de sonetto, stanse de stanza, & aultres imités des Tusquans. Remetant toutesfois à ta discretion de les appeller come il te semblera plus propre.

LES

LES AMOVREVSES OCVPATIONS DE Guillaume de la Tayssonniere D. de Chanein.

STRAMBOTZ.

A se paroit la terre spatieuse
De maints tapis semés de mile fleurs,
Et ia désia se vantoit glorieuse
D'auoir franchi les plus froides rigueurs,
Faisant sortir de sa cachette heureuse
Mile beautés, mille peintes odeurs,
Quand ie sentis si doulcement me poindre
Qu'éstant blessé ie n'ozerois me plaindre.

Quel fier aspe ,quel Astre, quell planette,
Quel sort fatal, quel facheus mouuement,

Quelle influence, ou bien quel cours cœleste
Régnoit ce iour à mon grand detriment?
Quell' grand' beauté m'a peu rendre ſuiette
L'ame, & le corps tous deus en vn moment?
C'eſt toy Cipris, ceſt toy ô Ciprien,
Aultre que vous n'en ſeit onq le lien.

A peine étoit encor la blanche aurore
Hors du ſentier de tenebreuſe nuit,
Et pouuoit on à peine voir encore
Combien l'or fin contre le plomb relluit:
Quand tout penſif à celle que i'adore,
Qui me tient vif, que ſeule me conduit
I'allai donnér vne lirique haubade:
Grammerci luth pour toy i'eux vne œillade.

Come puis-ie de ma nimfe me plaindre
Veu que ie ſens ſi treſdous mon torment?
Mais comme puis-ie étant pis-que mort faindre
D'elle n'auoir que tout bon traitement?
Auéugle Archer quand tu me vins atteindre,
Tu me plaías au cœur ſi doucement:
Que pour ſentir vn mal tant aggréable,
Ie ſuis heureus qu'il me ſoit incurable.

Vous qui cherchés les treſors de l'Indie,

Perles

Perles, courails, & autres rarités:
Ia n'est besoin que si loin lon mandie
Pour enrichir voz auares cités,
Ni équiper esquif, ou almadie
Suiets aus vents sur la mér exités,
Puis qu'vn régard régard seul de madame
Peult enrichir le corps, l'esprit, & l'ame.

Heureus vergér auquel ma nimse heureuse
Heureusement va ses beautés ornant,
De mainte fleur, mainte fleur precieuse
Que tu produits le printans retornant:
En toy souuent madame rigoureuse
Au chaut du iour de son luth va sonant
Sonet de ioye, & moi pres de la Sone
Las, rien que plaints, & que pleurs ie ne sonne.

En me baisant de tes léures iumelles
Mignardement tu m'as emply le cœur
De téls appats qu'arteres, & moelles
Sont enflammés de tant chaude vigueur.
O dous nectar quelles flames nouelles
Me brasses tu augmentant mon ardeur!
Fais que souent (ó ma seule diuine)
M'embrase ainsi ta bouche coralline.

Des cheueus blonds courants vn col d'iuoire,
Dont la splendeur plus que Phœbus relluit,
Elle lia (ainsi le veus ie croire)
Ma liberté, dont elle m'a réduit
En la prison de sa cruauté noire,
Ou le cler iour m'est tenebreuse nuit
Ha cœur cruel, cœur tu pourrois bien faire
Que le iour clér, & la nuit me fut clére.

Le plus beau tans de mon plus bel été
C'est vn frimas, vn brouillas, vne glace,
Vn aer rempli de froide humidité,
Qui de Ianuier les bruines éface.
Mais qui croiroit vne fiere beauté
M'auoir bati par tant, & tant d'espace
Vn froid iuer glaçant mon feu si fort,
Que mort ie vis, & viuant ie suis mort?

Or que ie sois entre cent damoizelles
Ou à plaisir ie puisse contempler
Les plus beaus traitz de beauté des plus belles
Pour en iuger ce qui m'en peult sembler:
Ou soit vraiment qu'en maints iardins d'icelles
I'oy des oiseaus cent fredons rédoubler:
Tout ce plaisir n'est que songe, ou fumée,
Si ie n'i voi mon astre sublimée.

Ie ne veus (quelque chose qu'on die)
Noircir l'honneur que i'estime tant chér
De ma diuine, ou qu'elle remédie
Au mal qui tant de pres me vient touchér.
Iamais ne soit ma fureur tant hardie
De présumér rien qui la peut fâchér:
Ce m'est asses d'heureuse récompence
D'auoir l'obiect de sa sainte presence.

Son argentin, musicale armonie,
Graues acors nettement prononcés,
Luth resonant quand celle te manie
Qui me tient tant mes soleils asconcés,
Connonis tu point que de pitié munie
Elle ait regret de mes trauaus passés?
Ainsi disoit fondant en tristes pleurs,
Au luth de cell'qui causoit mes douleurs.

Ie la tenois par ses mains iuoirines
Demi honteus d'auoir tant de faueur,
Voire & baisant ses léures corallines
Vn vent tremblant témoignoit mon ardeur:
Quand (me motrant par ses mignardes mines
Qu'elle vouloit mitiguer sa rigeur)
Elle me dit, Amy ne te soucie,
En briéf sera ta douleur adoucie.

Qui

Qui de Phisis voudra voir le chéf d'euure,
Les traits dorés de son docte pinceau,
Qui voudra voir le tableau qui décœuure
Combien peult plaire aus yeus ce qui est beau:
Beauté qui peult lion, aspic, couleuure
Assuiettir rendre dous comme aigneau:
Quil vienne voir celle diuine & sainte,
Qui tient ma vie heureusement astrainte.

Si de Baif Melline est reuerée,
Et de Ronsard la Cassandre a le pris
Sur la beauté, qui regne en Citerée,
Ou Paris fut en cuydant prendre pris:
Si de Tiard l'étoile est adorée
D'ont la clarté alume ses esprits:
Ne dois-ie pas les parfections dire
De celle en qui nótre ciecle se mire?

Quand ie contemple en mon ésprit vital
Les rarités dont ma diuine est riche,
Ce front ouuert, les yeus de fin cristal,
Ses ronds iumeaus, ou mon amour se niche:
Ses blonds cheueus réssemblant au métal
Du premier aage, ou rien n'éstoit en friche,
Ie vois plaignant le déffaut du sçauoir
Que pour l'eternizer ie deusse auoir.

Par ces rameaus que, Dieus, vous produisés
  Ie puis iugér du printans de ma vie:
Ils sechcront du Soleil attizés
  Pour de leurs fruits sassier nôtre enuie.
Ainsi l'été de mes ans abuzés
  Pour contentér celle que i'ay seruie,
Se flétrira, & elle aura le fruit
  Que mes esprits à son loz ont produit.

Elle ditta (come affectionnée
  De me traitér vn peu plus doucement
Que de coustume) en Rétorique ornée,
  Vne missiue escritte proprement
De cette main, main iadis ordonnée
  Pour augmentér de mon cœur le tourment:
Que ie receuz disant, ô heureus gage,
  Pour l'auenir sers moy de témoignage.

Quand de pitié ma diuine munie
  Conneut l'ennuy que pour elle endurois,
De moy sera (me dit elle) bannie
  Cette rigueur qu'au parauant i'auois:
Ce qui fut fait: car adonc fut vnie
  (Grace i'en rens aus haus Dieus mille fois.)
Entre elle, & moy vne amitié si ferme
  Qu'elle viura immortelle, & sans terme.

Ie vis vn iour mon aurore changér
Cent, & cent fois sa couleur argentine,
Pour le regret qui la venoit rongér
Voyant Thiton de la seruir indinne
Luy réprochér qu'elle étoit en dangér
De voir en brief le tans de sa ruïne:
O faus iallous malheureus, dis-ie lors,
Meure i'auant de mill' & mille mors.

Dépuis le iour que ie vis distillér
L'humidité de mon monde spherique,
Ie n'ay point peu le deul dissimulér
Que i'ay souffert pour ma nimphe pudique.
O détracteur! o damnable au parlér
Qui en corbeau à raportér t'aplique!
Ma Coronis ne sera transpercée,
Et si sera ton audace abaissee.

Tu es de moy (ò ma diuine & sainte)
Bien éloignee. & toutesfois le cœur
Que tu plaias d'vne mortelle atteinte,
Est pres de toy encores seruiteur.
Corps trop heureus de quoy fais tu donc plainte?
Assés pour toy le cœur ha de labeur.
Fais seulement si bien en cétte guerre
Qu'immortel loz tu luy puisses aquerre.

Ni de Phœbus les rais dorés ardans,
Ni de l'or fin le fillet mis en œuure,
N'aprochent point les blonds cheueus pendans
Dont ce diuin & sçauant chef se couure,
Ni tous les yeux de mille réguardans
Des mieus voyans que nature découure
Ne comprendroent en mille ans la beauté
Qui me feit d'elle, & de moy enchanté.

Ie ne veus point me mécontenter d'elle
Ses deus soleils m'ont trop sceu contenter.
Point ie ne blame & l'ardante éstincelle,
Et la beauté qui me vint surmonter:
Seul ie mauldis mon cœur traitre, & rebelle
Que ie ne puis aucunement domter
Qui ne me face ô étrange façon!
Ore vn feu chaud, ores vn froid glaçon.

Tu m'es cruelle, & de mauuaise sorte:
Mais ton parler est de si grand douceur
Que te voyant si sagement escorte
D'entretenir en seruitude vn cœur,
Ie prens couraige, & ce mal ie supporte,
Viuant heureus soubz si douce rigueur:
Fais donc le pis qu'en toy sera de faire,
Tu ne sçaurois de t'aimer me distraire.

L'affection que nourrie en mon cœur
Nourrit l'amour qu'humblement ie te porte,
M'instingue tant d'estre ton seruiteur
Que tes dédains, ni rigueur tant soit forte,
N'auront pouuoir de diminuér l'heur
Que mon déstin, & sort fatal m'apporte.
Que te sert donc me tenir langoureus?
Ozes-tu bien contredire les Dieus?

Dés maintenant amie ie te iure
(Il le te fault librement confesser)
Que i'ay pencé plusieurs fois faire iniure
A nôtre amour la cuidant effacer:
Mais se trouuant vaine ma coniecture
Quand au plus loing ie la voulus chasser,
Cipris y me it, & son brandon tél ordre
Qu'onques depuis le tans n'y sceut que mordre.

Si la clarté que sur moy soulloit luire
N'est plus luysante, aumoins en ma faueur,
Si le fanon d'ont ie me vis conduire,
En autre part va rendre sa lueur,
Dieus qui pouués & m'aidér, & me nuire
Qui connoissés le constant de mon cœur,
Permettés moy qu'vne métamorphose
Face de moy quelque incensible chose.

Il

Ie n'ay point dit, ni ne le pençay onques
Qe fussiez fainte en toute extremité,
Et n'est viuant desoubz le ciel quelconques
Qui m'ait oüy blâmér vôtre beauté.
Ie vous supply faites moy ce bien donques
N'en croire rien: car tant que fermeté
De mon côté vous sera aggreable,
Ie la tiendray éternelle, & durable.

Ie t'estimois (ô combien loin de comte
Ie me suis veu dépuis cette heure là)
La moins cruelle, & à mercy plus prompte
Qu'onques d'aimer ni d'amour se méla,
Elle ne peut, disois-ie, de ma honte
Retirer gain: que luy voudroit cela?
Ah, que depuis tu m'as bien fait connoitre
Qu'vn malheur nay sans cesser vient à croitre.

Ie l'écoutois (come il mè sembloit) plaindre
Auec son luth le tort qu'elle tenoit
De moy son serf, & sçauoit si bien ioindre
Piteux accords au chant qu'elle entonoit
Que i'ecriay mon regret sera moindre
(Puis que ton cœur ores se réconnoit)
Qu'il ne fut onc, & tiens ma vie heureuse,
Puis que tu es en fin de moy piteuse.

DV Vendomois la lire bien sonante
Va collaudant celle propheteresse
Tant renommée en Asie, & en Græce,
Pour estre fort en presaiges sçauante.

Le Maconnois errant aussi se vante
En son étoile auoir trouué largesse
De vertu sainte, & pour seule maitresse
L'honore, prise, & ses grands graces chante.

Moy imitant cette trouppe amoureuse,
Ie vois chantant la prison bien heureuse
Qui tient l'etat de ma vie en suspen,

Qui me fait mort, & soudain prendre vie,
Et d'autre bien esperer, perdre enuie,
Et d'ou mon heur, & fortune dépen.

Cest œil mal caut qui osa entreprendre
De réguardér ta cruelle beauté
Pour vn éspoir de se voir bien traité,
Voulut ses rais dessus toy seulle étendre.

Mon cœur qui fut pront à luy condéscendre,
Rien ne sçachant de ta grand cruauté,
Incontinent de ioye est tressauté,

Ne desirant qu'à te seruir entendre.

L'oeil, & le cœur ainsi faisans l'office
Du corps qui t'a dédié son seruice,
Etans traités si rigoureusement,

Vont regretant tant de peines perdues,
Tant de langueurs vainement soutenues,
Et tant d'ennuis qui les tient en torment.

Le seul obiect de ta face luisante.
Laquelle en lis ores, & or en roses
Vermeillement au frais mattin écloses
Leur blanc vermeil proprement represente,

M'engraue au cœur vn'amour si constante,
Que sçachant bien qu'au vray tu te disposes
De rendre en fin mes pencées forcloses:
Ni pour cela mon ame est trop contente.

Et suis certain que plustost Phillomene
Voire & Progne reprendront forme humaine,
Pour retourner és mains du Thracien,

Qu'on ne verra mon amitié rangée
En autre endroit qu'au méme où l'a logée

Le dous venin de l'enfant Ciprien.

Le propre iour que l'Archer inconstant
Ses trais dorés sur mon cœur décocha,
Celle que trop pres de moy s'approcha
Pour les tirer plus fort me tormentant,

Me meit au corps des flammes tant, & tant
Que i'en mourus si tost qu'elle y toucha,
Dont la pitié en elle se ficha,
Si que ma mort elle alloit regrétant.

Amour allors plaignant la veoir en peine,
Luy dit, attens, ta beauté soueraine
Ressusciter le peult en vn môment.

Fais ce souzris dont tu as tant de grace,
Et qu'à plains bras ce corps mort on embrasse.
Ce qu'elle feit, dont ie vis en l'aymant.

Ie contemplois & la diuine grace,
Et la beauté dont nature ha ornee
Celle qui lors parfaisoit sa iournee
D'vne cousture, ou le noir elle enlace.

Dedans le blanc, & reguardant sa face

D'ou

D'ou la splendeur feit mon ame étonnée,
I'y admirois cette douceur bien née:
Dinne pour vray qu'estime lon en face.

Lors ie conneuz que mes affections
Voyant vnir tant de parfections
Haultainement vollurent esperér

De la seruir, mais (ó vaine entreprise!)
Ma chaude ardeur si promptement émprise
Dépuis ce tans n'a cessé d'empirér.

O passion qui tormente mon ame!
O dur ennuy, o extreme soucy!
O tans perdu, o aage r'acourcy!
O chaude ardeur, o rigoureuse flamme!

O cœur cruel d'vne si belle dame!
Iusques à quand me durera cecy?
Mourray ie point? faudra il viure ainsi
Sans mettre fin à l'ennuy qui m'entame?

Dieus de là hault disposans toutes choses,
Qui connoissés les pencées plus closes
Faites au moins de voz haus cieus plouuoir

Tant de pitié au cœur de ma diuine,
Que la rendant enuers moy plus beninne
Puißiés en fin à m'aimer l'émouuoir.

Bien que souuent ie forme vne complainte,
Mauldisant l'heure, & le iour quil me prit
Ce grand désir de louër vn esprit
Qui m'a souuent presque la vie étainte:

Bien que i'eusse heu liberté moins abstrainte
Sans le dous fiel que mes veines surprit,
Lors que l'Idée à ma veuë s'offrit
D'vne Déesse ou bien de quelque sainte.

Si ne voudrois-ie à peine d'vne mort
N'auoir soffert d'aimér ce grand éffort
Pour les vertus d'vne dame si belle.

Car sa beauté, & mon affection
Et les écris de sa parfection
Nous ferons viure en memoire immortelle.

L'œil de l'humain & la langue, & l'oreille
Sont les trois seuls d'ou tout plaisir luy vient,
Sinon à moy qu'autrement en aduient:
Car par ses trois i'ay douleur nompareille.

L'œil

L'œil se rend serf d'vne qui s'apareille
De me meurdrir, & l'oreille entretient
En sa vigueur la langue qui me tient
En si grand peine: ô étrange merueille!

Voyés amans de quoy ie paiz ma vie,
Pour auoir trop ma franchise asseruie:
I'ay le rebours de tous aultres mondains.

Car ce qu'à eus fait la vie contente,
Me rend la mienne en tous poins languissante
Par durs assauts, & tormens inhumains.

Comme en l'été pres du fleuue Scamandre
Se promenans pas à pas les Naïades,
Nimfes des bois, & chastes Oreades,
Voyans baignér la beauté d'Alexandre:

De Peguasis le cœur se laissa prendre
Pour s'asseruir aus douces allegrades
De cet Archér qui fait les dieus malades
Quand il luy plait, lequel la vint surprendre.

Ainsi fut fait mon dous asseruisage
Voyant ma nimfe au long d'vn clair riuage
Baigner l'obiect de sa sainte splendeur.

O iour heureux! ó bienheureuse Sône!
Iamais ne soit que ma lire ne sonne
Loz de ton cours pres duquel i'heuz tant d'heur.

O quel plaisir vint rauir ma pencee
Quand ie receuz par ta grace & bonté
Tant de faueurs, sans que ta chasteté
Fust néantmoins en nul point offencee.

Ie te sentis, ó bouche, dispencee
De découurir l'extreme anxieté
Que i'ay soffert pour la rare beauté
Qui tient ma vie en douleur incencee.

Et toy ma main, elle te feit tant d'heur
Qu'en te tenant par certaine faueur
Assés long tans dans les siennes polyes,

Te démontroit aus signes de ses dois
D'vn dous serrér, que desormais ie dois.
Aneantir tant de mélencolyes.

Come lon pait de tardiue esperance
Le tans ia meur de tes affections,
Ainsi tu paiz d'extremes pessions
Le long suiuir de ma perseuerance:

Come

Come ton œil qui ça qui là se lance,
Vogue ou le vent de tes mutations
Le vont poussant, tes grands parfaictions
Poussent mon cœur soubz ton obeïssance.

Mais las ie sçay qu'apres ton long attendre
Le tans viendra double vsure te rendre
De tant de nuiz qui te sont inutilles,

Et mes pencérs erreront par la mér
De tes rigueurs sans (ie croy) se calmér
Tant que tes yeus ça bas seront móbilles.

Combien est grand le pouuoir d'vn enffant!
Et combien fort le bras duquél il gette
Perçant mes os la mortelle sagette
Dont le venin me va tant échaufant!

Heusse ie creu de le voir triomphant
Sur ma raison? raison que ie regrette
Que i'auois libre, & qu'ores i'ay suiette
Entre les mains de ce domt' éléphant?

Ha que cent fois, & cent heureus i'auoüe
Celuy auquel cest Archér ne se ioüe,
Le laissant viure en franche liberté!

Et

Et malheureus (comme moy) qui éssaye
Le sentiment d'vne amoureuse playe
Ointe du fiel d'vne si grand' fierté.

Si tu vois bien (cruelle outre mesure)
Mon mal, mon dœul, ma peine, & mon torment,
Si tu connois combien iournellement
D'afflictions ta rigueur me procure,

Si tu connois que ma male auenture
Onques d'ailleurs ne print commencement
Que de t'auoir seruie constamment,
Que ne metz tu fin au mal que i'endure?

Esse d'amour la coustume, & façon?
Esse vn réfrain commun de sa chanson,
De long seruir la mort pour récompence?

Ie croy que non: mais ie le croirois moins
S'il te plaisoit qu'amoureusement ioins
Fussent noz cœurs: tornant ma perte en chance.

Si ce bouquet moy méme ie me donne
Riche des fleurs qui me plaisent le mieus,
Et si ie suis de porter curieus
Cest incarnat qui sur le verd fleuronne:

Tu

Tu en es cause, ô iardin qui foisonne
En tant de biens aggreables aux yeus,
Puisse à iamais en ton cloz spatieus
Fluer le lac qui moitte t'enuironne.

Et s'il auient que la main pilleresse
De ma diuine, & cruelle maitresse
Me veuille ôter ce bouquet façonné,

Elle l'aura: mais le luy laissant prendre
Ie te viendray dix mille mercis rendre
D'vn si grand heur que tu m'auras donné.

Ie pourrois bien si i'étois le monarque
De l'vniuers, la fortune tentér
De ce qui pleut mes ésprits contentér,
Voire espérér l'auoir maulgré la Parque.

Mais étant rien, ou de bien peu la marque,
Si haut ne faut mes désseins proietter:
Car le tréshault foudroiant Iupiter
Rendroit en fin sumergee ma barque.

Nage donc nage entre deus eaus ma vie,
Laisse moy là cette peine suyuie
De ce désir qui tant te fait doulloir,

Et tu viuras content sellon ton estre
Autant, ou plus qu'vn plus grand sçauroit estre:
Grand de biens dis-ie, & tresgrand de sçauoir.

Du bel émail vndoyant en la prée
Doré de l'œil de ce grand Vniuers,
Du dous fredon de mille oiseaus diuers
Entre léquels Progné plus nous recrée,

D'vne guitterre en cent nœuds diaprée,
D'vn luth plus dous propre à chantér les vers,
Ny de l'odeur de ces beaus lauriers verds,
Odeur qui est au blond Phœbus sacrée,

De tout cela si peu ie me contente
(Tant la fureur de mon mal me tormente)
Que tant s'en fault que i'en sois réiouy.

I'yray fuyant le lieu de ces plaisirs
Iusques ie sois de ma diuine ouy,
Et qu'elle ait mis vn but à mes desirs.

D'VNE

D'VNE CHANSON envuoyée à Madamoyzelle de Mésez.

TV pourras bien te vanter d'vne chose
Douce chanson comblée de bon heur:
Puis que tu vas pour réiouir le cœur
De celle en qui la vertu se repoze:

Tu pourras bien (si dire ainsi ie l'oze)
Criér tout hault, musicale douceur
Qui se disoit de poésie sœur
N'a plus le bruit, ains est du tout forclose.

Car cette-la qui n'heut onc connoyssance
De la musique, & d'ou vint sa naissance,
De ses accors rend les cœurs si contens

Qu'Apollo méme, ou Phœbus de sa lire
Ne sceurent onc que c'est que de bien dire,
Au pris de celle ou aller tu prétens.

EN

EN ETRENES LE PREmier iour de l'an, à Madamoyzelle de Mareul.

SONET.

I'Ay sohaitté mille fois en ma vie
Qu'il fust de dieu le bon plaisir, & vœul
Faire connoitre à son humble Mareul
Combien i'aurois de la seruir enuie,

Or maintenant l'an nouueau me conuie
De l'étrener, presentant à son œul
Chose pour vray ne meritant recueuil,
Sinon qu'il rend ma pencée assouye.

Receuez donc de ce petit donneur
L'écrit qui fait mention du bon heur
Quil vous sohaitte au long de cette année,

C'est de vous voir posseder les plaisirs
Au lieu plus hault de voz heureus desirs,
Pour en sohaits vous veoir bien fortunée.

A MA

A MADAMOYZELLE de Perés.

SONET.

VOz premiers ans présaiges trescertains
D'vne vertu en vous déia bien meure
Montrent au vray qu'infaillible demeure
De pére en fils la vertu des humains.

Nature sage ayant entre ses mains
La plus parfette, & belle portraitture
Vous façonna sur la méme figure
De ce portrait, chose admirable à maints:

Heureuse donc la terre qui vous porte
Perle de pris, fruit de la méme sorte
(En vertu, grace, & singularité)

Des tiges saints, ou saintement louables
D'auoir rendus aus hommes admirables
Voz premiers traits de naysue beauté.

A MADAMOYZELLE de M. ſa ſainte aliée.

SONET.

I'Ydolatray premier en la pencée,
Et puis ma bouche augmenta ce peché,
Peché non point, mais me voyant touché
D'vn rayon ſaint, ie ſentis diſpencée

L'ame de moy de rendre commencée
La ſainte vie ou tant i'auois táché:
Et m'auoit Dieu ce bien long tans caché,
Mais ma fortune en fin s'eſt aduancée.

Puis qu'ores donc ie conſacre ma vie
A vous ma ſainte, & que ie n'ay enuie
D'apeller autre en ma déuotion,

Fauorisés d'vn ſi bon heur mon eſtre
Qu'vn iour puiſsiés heureuſement me mettre
Au paradis de mon affection.

SONET A. B. DV TRONchet, sur le liure de son adôlescence.

PVis que tes vers amoureusement dous,
Puis que l'ardeur, & puis que de Thalie
Le loz haultain fait qu'ores tu t'alye
Au saint troupeau flourissant entre nous,

Iamais ne soit que moy moindre de tous
Pour te louer ma langue ne délye:
Car écriuant ta sçauante folye
Tu es tronchet, du vieil obly recous.

Diuin Ronsard, diuin Baif encores,
Et toy Thiard que nôtre Sone adore,
Ne dédaignés lire ladolescent,

Duquél l'amour, duquél la flamme honneste
Induit Phœbus de luy orner la teste
Du rameau verd qui des deus monts descent.

A luy encores.

DE toy Tronchet, ou tronc pour dire mieus,
Et tige heureus de lirique chanssons
Ie voy sortir tant de rauissans sons
Que tu rauis le bruit des plus fameus.

Tu pourras bien (Thalie) si tu veus,
Aimer, cherir les vers de ses façons:
Car ny le tans, le chault, ny les glaçons
N'éffaceront le saint loz de vous deus.

Il fait sortir, & certes ie l'en prise,
Tant de flambeaus de son amour éprise
Qui relluyront pompeus par l'vniuers:

Si que les sœurs n'auront nulle puyssance
Les asseruir soub leur obeissance,
Ny ne craindront la morsure des vers.

A BENOIT Alizet.

NY le desir de me monstrer en rien
Dinne du don qu'Apollon fait à ceus
Qui ont dressez aultéls pour faire veus
A la memoire en l'immortel lieu:

Ny l'esperer du bien Idalien
Tirer d'ailleurs que de celle ou ie veus
Mettre à iamais le tresor de mon mieus,
Ne m'a induit te faire ouir mon bien.

Ce

Ce n'eſt amy qu'vne Grandime enuie,
Qui me tiendra tout le tans de ma vie
De publier celle rare beauté

De ma diuine, ainçois mon heureus Aſtre
Dont le portrait m'a ſi bien enchanté
Qu'inceſſamment en elle i'ydolatre.

Reſponce par ledict Alizet.

L'Ardant amour de ta nymphe diuine,
Dont le pourtraict te contenta ſi fort
Qu'ydolatrer t'a contrainct ſon effort,
Indifferent eſt, comme ie deuine.

Or nonobſtant que le tiges, & racine
Ou prent amour ſource, vie, & renfort
Soit bon vouloir, s'il treuue obiect plus fort,
(Sans y viſer) il l'occit, & termine,

Dont comme feu ſoub vert boys cauſe vent
Qui le ſuffocque, & tue auſsi ſouuent
Qu'il le nourrit: ainſi l'indifference

De ton amour, qui bien & mal attend,
Faire te peult viure, & mourir content
Vingt mille foys ſans ta grande prudence.

A Benoit Poncet.

SI tu as veu le discours de mon ame
Tousiours constante en tant d'auersités,
Et mes esprits haultement exités
De peindre au vif ma rigoureuse flame:

Si tu as sçeu que l'ennuy qui m'entame
A pris son cours des grands dexterités,
Et des vertus & singularités,
Qui vont ornant d'vn si grand loz ma dame:

Voy ie te pry encor coment ma peine
De plus en plus s'augmente, & plus me geaine
Celle de qui ie suis tant seruiteur.

Affin Poncet que de ce te souuienne,
Et que iamais come à moy ne t'auienne
D'assuiettir trop haultement ton cœur.

CHANT A SON LVTH,
à son retour du camp en l'an 1554.

SVs sus mon luth il fault chantér
Puis qu'à mon retour ie te tiens,
Et piteusement lamenter

Pour

Pour la perte de tous mes biens,
Perte malheureuse pour moy
D'vne déloialle en sa foy.

Le plaisir du tout consommé
Du bien que ie sollois auoir,
N'eust été si tost transformé
En vn doeiul pitoyable à voir,
Sans vne foy qu'elle aiousta
Au méchant qui tant me cousta.

Encor que lointain de ses yeus
Faisant le seruice à mon Roy,
Le tans long, & iniurieus
Meit longue éspace entre ell' & moy,
Mon cœur ésclaue demouroit
Aupres du sien qu'il adoroit.

Tellement que i'eusse bien creu
(Veu l'amitié d'entre nous deus)
Qu'vn Dieu viuant à peine heust peu
Changér nôtre état amoureus:
Car son plaisir étoit le mien,
Et mon désir étoit le sien.

Ce grand bien dont ie iouyssois,

Etoit auec tant de vertu,
Qu'à vn seul point ie ne pensois
Dont peut son aise estre abattu,
I'en prens tous les dieus à témoins
S'il en sçauent ou plus, ou moins.

O que cet heur a peu duré,
Se muant si tost en venin!
O que l'homme est mal asseuré
Qui se fie en cœur femenin!
Et bien heureus celluy qui peult
Se guarder daymer quand il veult.

O animal de noir vestu
Iadis à Coronis tant chér,
Degradé de toute vertu,
Comme lon te peult réprochér,
N'auois tu fait assés de maus
Sans me causer tant de trauaus?

Or iouys tant que tu vouldras
Du bien qui m'étoit ordonné,
Prens que bien heureus tu viuras,
Et ie mourray mal fortuné:
Si ay ie premier les faueurs
Tirees des saintes doulceurs.

EPITAPHE DE FEV NOble G. de Maugiron, Seigneur d'Igie, qui mourut à Valfiniere l'an 1554.

SI les bons ont au ciel vne vie sans mort,
Et si les iustes sont colloqués hault en gloire,
Si des homes vaillants le salut on doit croire,
Maugiron vit là sus au desirable port.

O cheris des hauls Dieus, vous n'aués de support
Ny plus, ny moins que ceus qui sans nulle mémoire
De leurs œuures, s'en vont en la région noire:
Car il vous fault sentir de mourir vn effort.

Ie dis mourir ça bas pour viure puis appres,
Come or' fait Maugiron (iadis formé expres
Pour démonstrer à tous ce que nature peult)

Valfiniere ha bien pu son cors exterminer:
Mais le bálon n'a sçeu son clair lôs terminer,
Temoin son ennemy qui de sa mort se deult.

DE FEV NOBLE AYME de Lugny, Seigneur de Loëse, qui mourut l'an 1553.

QVe nous sert d'estre aymé du peuple, ou de l'aymer,
Veu que nul ne nous peult de la mort garantir?
Le bien aymé de tous, certes, ha peu sentir
Si le trepas nous est aggreable, ou amer.

Le bien aymé ie dis, que lon doit estimer
Auoir heu de son nom iusques au despartir
Le naturel effect. Ie t'en veux aduertir
Passant, pour à iamais son saint los renommer.

L'Italie honora sa vaillante ieunesse,
Masconnois admira sa prudente vieillesse,
Et le Saulueur de tous à soy le retira:

Nous laissant vn rameau de son heureuse race,
Qui toutes les vertus (cõme le pere) embrasse,
Et qui du pere encor', l'honneur illustrera.

DE

DE FEV NOBLE DAmoyselle, Marie de Cheuriéres, qui mourut l'an 1555.

DV plus hault ciel l'ame estoit descendue,
Come vne étoyle entre nous relluysante
D'vne qui or' de nous s'est faite absente,
Pour retourner d'ou elle étoit venue.

Hellas mon Dieu, vne clarté connue
Deia si loin, & que l'vniuers vante,
Est or' estainte, & monte par la sente
De tes hauls cieus aus humains inconnue.

C'estoit, Seigneur, celle par qui Cheurieres
S'enrichissoit de vertus singulieres,
Futur espoir d'vn saint contentement.

Apouurissant de son esprit le monde,
Tu enrichis d'vn rayon pur, & munde
Le saint pourpris du diuin firmament.

Οὐδὲν ἄνευ τῆς φιλίας.

Chant.

APpres t'auoir tant de fois anoncées
Et mes saines pencées,
Et mes desirs de ton amitié vaine,
En fin i'ay beu la peine
Pour le loyer de mes langueurs passées.

La peine dis-ie à moy iustement deüe
De l'amour que i'ay beüe
En lieu trop hault: dont pour me satisfaire,
Amour m'a fait retraire
Come i'étois auant l'amour conceüe.

Non point du tout en liberté si haulte:
Car i'ay comis la faulte
Qui ores tient en tant d'ennuy ma vie,
Vie pleine d'enuie
De déllaißer ma ieunesse mal caulte.

Si le décret, ou si les destinées
Sont du tout ordonnées
Auant nôtre estre en ce monde habitable,
Ie te tiens escusable
De tant de mors qui m'ont été données.

Mais

Mais ſi les dieus n'ont permis telle choſe,
Certes afferměr i'oze
Que tu děuois aumoins me montrer ſine,
Si non d'amour beninne,
De la douceur qu'on dit en toy encloſe.

Ie pourray bien aultre parti prětendre
Sans crainte de meprendre
Vers toy ni aultre, ayant pour cet office
Retirě le ſeruice
Que te l'ayant offert n'as voulu prendre.

Ie t'ay pourtěe en tout la reuerence,
Et vraye ŏbeïſſance
Qu'on doit pourtěr ǎ loyalle maiſtreſſe:
Mais puis que ta rudeſſe
M'oultrage tant: fy de ton acointance.

A dieu ie dis doncques ǎ tes yeux belle,
(Beaultě dis-ie cruelle)
Tu n'auras plus ſur moy telle puiſſance
D'auoir l'ŏbeïſſance
Que ie pençois te guarder immortelle.

Il me ſouffit aſſés d'auoir fait preuue,
Combien mal l'on ſe treuue

D'aimer

D'aimér si tost auant que de connoistre
Le lieu ou lon veult mettre
Pour viure heureus vne affection neuue.

Du souuenir de sa M.
Chant.

QVel labeur pourrois-ie prendre
Pour perdre le souuenir,
D'vne qui m'a sceu surprendre
Pour son serf me retenir?

Pourray-ie oblier la grace
Dont elle me caressoit,
Lors qu'vne vermeille trace
Sur sa ioüe apparoissoit?

Fault il qu'en obly ie mette
Les dous mots qu'elle disoit,
De sa bouche vermeillette
Quant elle à moy deuisoit?

Obliray-ie cest albastre
Qui rondissoit dans son sein:
Quand fretillant tout foulatre
I'y voulois mettre la main?

Obliray-ie l'estincelle
De ses deus attrayans yeus,
Desquéls le feu que ie célle
S'alluma au veuil des dieus?

Tayray-ie la tresse blonde
Dequoy amour faict ses rhets,
Pour attrapper tout le monde
Par monts, plaines, & forets?

Et celle voix qui surpasse
La doulce lire du dieu,
Qui en la région basse
S'aida si bien de son ieu?

Et sa personne disposte
Se mouuant si dextrement
Quand pour baler on l'acoste,
Que i'en prens éstonnement?

Toute la beauté du monde,
Tout le bien, & la vertu
En ce corps diuin abonde:
Tant il est d'honneur vétu.

D'aultant que i'ay connoissance

De

De ses grands perfaictions,
D'elle la trop longue absence
M'engendre de passions.

Voila pourquoy ie sohaitte
Ne me souuenir du bien,
Du bien que tant ie regrette,
Et que ie vouldrois pour mien.

ODE A SA DIVINE écripte du camp de Dinan 1554.

TOuiours de Mars furieus
Les éfrois durer ne peuuent,
Car les vns victorieus
Sur les aultres, en fin trouuent
Le repos: & rétirés
Du labeur par trop durable
Ont iouyssance honnorable
De leurs plaisirs desirés.

Tout ainsi i'espere bien
Qu'appres la terrible rage
Qui souille du sang Crétien
De Meuse le clair riuage,
L'ennemy de son cóté

Ennuyé

Ennuyé de tant de peine
Nous viendra quitter la plaine,
De nous chocquer dégouté.

Lors nous aurons ôportun
Le tans que chacun désire,
Et sera dit que chascun
En garnison se rétire
Pour du froit yuer glacé
Euiter la véhémence,
Pour puis réprendre la lance
Comme à lautre été passé.

Qu'ores donques brauement
Ma dextre lon s'éuertue
De rendre pompeusement
Ma nimfe de loz vétue.
Montre que ce braue cœur
Qu'en échange ie tiens d'elle,
Ne craint la touche mortelle
D'vn bâlon de murs vainqueur.

Ce que tu feras de bien,
Et d'honneur (ma dextre) éstime
Que ce sera vn moyen
De te voir en vn éstime

Qu'vn couart redoute fer
Ne se peult veoir en sa vie:
Double moy donc cette enuie
De brauement triômfer.

Qu'auons nous rien de plus chér
Que l'honneur seul en ce monde?
Fault il nous laisser couchér
Mors dedans l'oblieuse onde?
Nenni vraiment, nenni point:
Mais deuons cherchér la gloire
De l'immortelle mémoire
Que la mort iamais ne point.

Non pas seullement pour moy
Ie cherche cette louange,
Mais pour celle que ie doy
Adorer comme vn saint ange:
Car ie veus que tout l'honneur
De ce martial seruice
Soit à ma seulle Euridice,
Et que i'en sois le sonneur.

Ainsi ie vois exortant
Mes plus vigoureuses forces:
De ne craindre en combatant

Ces

Ces furieuses étorces:
Les y poulsant par l'amour,
Par la sainte óbeïssance
Du cœur qui n'auroit puissance
Sans toy de viure vn seul iour.

Or ie te pry cependant
Que tu es de moy lointaine,
Prens cecy, en attendant
Récompense plus haultaine
Du souuenir que tu as
De nôtre amitié loyale,
Que pour quelconque interuale
S'il te plait n'oblieras.

A MADAMOYZELLE Iane de Thy de la Douze,

ODE.

MA muse m'a incité
O damoyzelle excellente,
Narrer l'infelicité
De ta vie adôlécente
Pour faire connoistre à tous
Combien grande est ta constance:
Car icelle connoissance
Seruira d'exemple à nous.

L'ennuy qui t'est suruenu
En ta plus grande ieunesse,
M'a souuent entretenu
En vne extreme tristesse,
Faisant perte come toy
De ceus que i'auois enuie
De seruir toute ma vie:
Ie l'heusse fait & m'en croy.

Premier ce braue, & vaillant
Capitaine Barb'Antoyne
En Ecoçe battaillant
Pour l'Ecoçois patrimoyne,
Te feit sentir vn regret,
Quand de sa vie il feit perte,
Et fust la terre couuerte
De ton pleur triste, & aigret.

Appres d'vn semblable sort
Ian le moins-aisné son frere
Reçeut l'execrable mort
En Piémont: ô dur misere!
A peine l'an est passé
Que l'aisné repose en terre,
Qu'il fault encor qu'on enterre
Son frere par mort blessé.

Quand fortune executant
Telles cruelles allarmes
Sur ces tiens cousins: veit tant
Pour eus répandre de larmes,
Elle plus fort redoubler
Voullut ton deiul & tristesse,
Faisant aultre embuche expresse
Pour de nouueau te troubler.

Elle vint pour offencer
De plus pres ton sang encore,
Cuydant (ce croy ie) effacer
Ton nom que ce monde honore:
Dont de fait elle se prit
A charger dessus ton frere
Le Prieur: & peust tant faire
Que tost il rendit l'esprit.

Appres en perseuerant
Elle vint de meme atteindre
Ton aultre frère: & mourant
Te laissa tant dequoy plaindre
Que les vndes de la mer
On veit enfler de tes larmes.
Hellas les Turquoyses armes
Firent son corps consommer!

Et pour le dernier de tous
D'vn sort fort émerueillable
Elle acabla Chasteau-rous
Iadis dous, honneste, affable:
Ce fust alors à ta sœur
Et à toy de plus fort plaindre
Que iamais. Ha qu'on doit craindre
De se voir tant de malheur.

Voila come en peu de tans
Fortune te feit la guerre,
Et de tes plus pres parans
Feit gesir les corps en terre:
Ne faisant cela sinon
Pour mettre à bien peu de chose
Les yssus de cette Douze
Et faire perdre leur nom.

Mais cest éffort fut en vain:
Car ce nom ne pourra perdre.
Ton resté cousin germain
Et ton frére ont mis tél odre
Que par la vraye vertu
Qui par eus se voit suiuye,
Maulgré la dépite enuye
Ils ont ce coup rabattu.

Les parfections de toy,
Ta vertu, ta bonne grace,
Nous font ample, & sure foy
De ta fortune bonace
Que rangée désormais,
D'aultant qu'elle t'a sceu nuyre,
Fera ses rayons relluyre
Pour t'eclairér à iamais.

Qui est celluy, te voyant
Qui ne t'estime douée
De grand beaulté? voire ayant
La grace à Venus vouée;
Si bien en toy est compris
Le parfait des trois Charites,
Que l'effect de tes merites
A fait rauir maints esprits.

Employe donc ce bon heur,
Puis que ta chance est tournée;
Loüe le grand guerdonneur
Lequel te l'a redonnée:
Et de moy ie loüeray
Tes grands vertus singulieres,
Et ta compaigne Milleres
Iamais ie n'oblieray.

Ode à sa diuine.

ORes que loing de tes yeux
Belle, ie fais ma demeure,
Bien qu'il me soit ennuieus
Que desia ie ne voy l'heure
D'étre prest d'rétourner
Sans tant icy seiourner,
Affin que debuoir ie feisse
De te faire humble seruice.

Pourtant ne laisse ie point
Bien que facheuse est l'absence,
Fusses tu cent fois plus loing,
De sohaicter ta presence,
Disant le iour mille fois
O come heureus ie serois,
Si la liberté perdue
Maintenant m'etoit réndue!

I'espere bien que le tans
Vn iour me la pourra rendre:
Combien que plus ie l'attans,
Et plus me vient à l'attandre
Tandis perle de vertu,
Rubit d'or fin reuettu

Que tant ie prise, & honore,
Et doibs mieus louer encore,

Ie te suppli humblement,
Fais que mon écript te plaise,
Ne dédaignant nullement
Chose qui de ma part voise
Tenir de ton serf le lieu,
Attendant qu'il plaise à Dieu
Le rendre deuant ta face,
Qui toutes autres efface.

Souuentesfois sur le bord
De cette vndoyante Sône,
Où ie te regrette fort,
Mon luth ta louange sonne,
Ce pandant le cœur, la voix
Records du bien que i'auois
Durant l'heureuse présence,
Chantent de méme cadance.

Chante mon luth, chante donc
La vertu innéstimable
De celle qui ne fut onc
Pour moy que trop désirable.
Loue par diuers accords

Le mouuement de son corps
Si dous, si dispost, si dextre
Que mieus ne le pourroit estre.

Loüe moy ses cheueus blonds
Qu'à Phœbus ie parangonne,
Abbatus iusqu'aus talons,
Ou treßés, s'elle l'ordonne,
Ressemblans proprement l'or,
Voyre & le plus fin encor
De la plus riche miniere
De toute la terre entiere.

Loüe moy ce front serain,
Ce sourcil que i'ydolatre,
Ce dous reguard tant humain
Et ce petit ris follatre,
Cette main qui sçait si bien,
Dont heureuse ie la tien,
Fredonner carme lirique
Sur la tétracorde antique.

Et quand loüee l'auras
Non aultant qu'elle merite,
Ains selon que tu verras
Que peult ta force petite,

Loue moy l'heure & le iour
Qui commencerent l'amour
De nous deus inseparable,
Amour par vertu louable.

Ainsi ie vois inuitant
(En lieu de plus grand seruice)
Mon luth à te loüer tant
Que tout le monde ait notice
Du parfait de ta beaulté,
De ta doulce priuaulté,
De la vertu qu'as suyuie,
Qui tient heureuse ma vie.

ODELETTE A MESDAmoyselles Y. & M. de Bellecombe.

QVe me peult seruir l'escuse
De laquelle enuers vous i'vse?
Veu que la discretion
Est en vous si abondante
Que nótre ciecle s'en vante
En grande admiration.

Méme en lieu ou ie me treuue,
Rien que loz de vous n'appreuue:

Que

Qui me fait fort aſſurer
Que quelconque offence ou faulte,
Erreur, tant ſoit elle haulte,
Que i'aye peu procurer,

N'aura de ſoy la puiſſance
Prouoquer vôtre excellence
A la vindication
D'humble fils par alliance
D'vn filleul de méme inſtance
Plein de ſaine affection.

Or de vray le fils merite
Punition non petite,
Quand à ſa mere il déffault.
Le filleul vers ſa marraine
Encourt preſque méme peine
Pour ne faire ce qui fault.

Mais l'inconſtante fortune
M'a tant été importune
Dépuis ne vous auoir veues,
Que ie croyois ciel & terre
Vouloir contre moy la guerre:
Tant de trauerſes i'ay heues.

Et pourtant mère & marraine
N'ayez point contre moy haine:
Car le tort ne vient de moy.
Il vient seul de la disgrace
Que i'ay beuë par tant d'espace
Et m'en croyez sur ma foy.

Si vôtre bonté naifue
Permet encor que ie viue
Sous vostre grace & faueur,
Assurés vous qu'en ma vie
Ne me passera l'enuie
De seruir vostre grandeur.

DE MADAMOYSELLE C. de la Tournelle.

LE saint amour voyant ça bas des cieus
Son grand palais d'exellent édifice,
Voullant encor en vn lieu spatieus
Faire bastir quelque chose propice,
Vne tournell' par si grand artifice
Y feit construire & de si grand beaulté,
Qu'à qui la veoit, elle rend contenté
Cœur, corps, esprit, tant soit de doulcur plain,
Dont me tiendrois haultement exalté,
Si prisonnier en elle étois demain.

Perte de liberté.

HEllas amour i'ay liberté perdue,
Pour ton subiect & esclaue me rendre,
Et n'ay espoir qu'elle me soit rendue,
Si tu ne veus toy méme l'entreprendre.
Car cette-là par qui tu m'as fait prendre
Tant de trauaus pour bien heureus me voir,
Mourir me fait me voulant faire entendre
Qu'il fault seruir sans recompence auoir.

De l'absence d'elle.

QVelque rigueur qu'on puisse receuoir
Aupres d'vn cœur qui les aultres martire,
I'ayme trop mieus ce seul malheur auoir
Qu'estant absent en receuoir vn pire:
Voire trop mieus endurer ie desire,
Voyant de pres ce qui me peult guerir,
Que mourir loing sans que ie puisse dire,
Helas ie voy ce qui me fait mourir,

AV SEIGNEVR IEAN Paul Paladin.

SONET.

MIeus qu'Orpheus du luth doré,
Mieus qu'Apollo dessus sa lire,
Mieus qu'Arion ne sceut onc dire
Dessus son luth tant honoré,

Mieus que tous ceus-cy décoré
Ie voy le tien: qui peult soufire
A vie vn homme mort réduire:
Voire est dinne d'estre adoré.

Donc s'il aduient à ma diuine
Que mort auant moy la termine,
Ie supplie à Dieu seulement,

Me donnér la grace d'apprendre
Ce que tant dous tu sais entendre
Pour la reuiure en vn môment.

Sonet au Lecteur.

Mes ieunes ans (ô lecteur) encor verds
M'ont fait poulser sur ma lire ces chants,
Et mes esprits en grand ardeur seichants
En ont tissus, & inuentés les vers.

Si donc tu veois qu'en ces accords diuers
Quelques tons faulx mes doigz aillent touchants,
Ce sont les traicts, d'Amour non rébouchants,
Qui m'ont ainsi mis le sens de trauers.

Ie seray donc enuers toy excusable:
Puis que l'enfant inconstant, & muable
Venoit troubler mes occupations:

Car ou l'amour veult sa rigueur étendre,
On ne peult pas bonnement entreprendre
D'auoir tousiours rares inuentions.

RIEN SANS ZELLE.

www.ingramcontent.com/pod-product-compliance
Lightning Source LLC
Chambersburg PA
CBHW071251210626
46818CB00013B/877